# El viaje de las semillas

JOSEBA GÓMEZ & JOSÉ MANUEL CARRASCO

**4º Iniciativa de cómics por la Paz Fernando Buesa Blanco**
**www.fundacionfernandobuesa.com**

*A Carolina mi árbol y a Daría mi semilla.*

El viaje de las semillas
Gómez & Carrasco
4º Iniciativa de cómics por la Paz Fernando Buesa Blanco
www.fundacionfernandobuesa.com

Colección "Ciclocirco", tomo 1.


Editorial Saure
Polígono Industrial Goiain
Avenida San Blas, 11
01171 Legutiano (Álava)

Visita nuestra página web:
www.ed-saure.com


Guionista: Joseba Gómez González
Dibujante y colorista: José Manuel Carrasco Milla
Correctora: Ane E. Galindo Azkunaga
Rotulación: Jorge Calvo


Depósito legal: BI-2538-08
I.S.B.N.: 978-84-95225-83-2


Impreso en España.

© 2008 Editorial Saure

"Este cómic pretende ser un documental, y para su redacción el guionista navegó en una extensa
bibliografía. Algunos de los libros de los que se ayudó para la investigación son citados en este blog."

http://comicciclocirco.blogspot.com


ENTIDADES COLABORADORAS:

AMANECE EN KENIA...

AMANECE EN LAS ALTAS CUMBRES.

AMANECE EN LOS PROFUNDOS VALLES.

AMANECE EN LA COSTA.

ESCUCHA AHORA BIEN, HIJO MÍO...

... ESCUCHA EL LAMENTO DE LAS OLAS QUE MUEREN EN LA COSTA. EL VIENTO NOS TRAE LEJANOS RUMORES DEL PASADO. NOSTALGIA Y RECUERDOS.

TIEMPOS DE MISERIA QUE YA HAN QUEDADO ATRÁS...

... Y UN FUTURO LLENO DE ESPERANZA.

UN FUTURO DE ESPERANZA...

OCURRIÓ HACE UN CUARTO DE SIGLO. EN UN AMANECER AÚN MÁS BELLO QUE ESTE...

AÑO 2008.

... ÉL ENTRÓ EN KENIA.

**¡¡PLOF!!**

¡¡... Y ENTONCES LO CONOCÍ!!

YA ES SUFICIENTE.

¡QUÉ RICA ESTÁ!

¿ME DAS UN POCO?

ES EXTRAÑO. ME PARECIÓ OÍR HABLAR AL ÁRBOL, COMO CUENTAN LAS VIEJAS LEYENDAS.

HAS OÍDO BIEN, PERO NO SOY EL ÁRBOL.

¿ENTONCES QUIÉN ERES?

AHORA BAJO.

¡¡ PAF !!

¿ESTÁS BIEN?

PERFECTAMENTE. NO TE PREOCUPES.

10

... ES COMO LA SUAVE BRISA DE MEDIODÍA AGITANDO LAS ALTAS COPAS.

... ES COMO EL AGUA QUE FLUYE LIBRE POR LOS PRADOS DEL ALMA.

... ES COMO EL DESEO DEL CAMINANTE DE ASCENDER AÚN MÁS,
UNA VEZ HOLLADA LA CIMA.

ES COMO...

... ES COMO EL VERTE REFLEJADO EN
UNA MIRADA INOCENTE.
NO QUIERES QUE ESE MOMENTO ACABE...

... PORQUE SABES QUE NO HAY NADA
MÁS GRANDE EN LA VIDA.

12

¡BRAVO!

CLAP, CLAP, CLAP

¡ES CIERTO!

ME HA GUSTADO MUCHO TU MAGIA.

NO ES MAGIA, ES UN SIMPLE TRUCO.

SÍ ES MAGIA, ES COMO...

... ES COMO VER ESTE ÁRBOL LLENO DE FLORES.

¿QUÉ QUIERE DECIR "MSITU"?

BOSQUE.

SÍ QUE ES GRANDE TU CASA.

HEMOS DE ESCOGER SIEMPRE UN ÁRBOL GRANDE Y ROBUSTO PARA COLOCARLA, ASÍ JAMÁS CAERÁ.

GRANDE Y ROBUSTO.

EXACTO. LA UNIÓN HACE LA FUERZA, Y SERÁ DIFÍCIL DERRIBARLO SI LO MANTENEMOS ENTRE TODOS.

¡QUISIERA FORMAR PARTE DEL ÁRBOL!

SUS RAÍCES SON EL SOSTÉN...

... Y, EN SU COPA, RESIDEN LOS CORAZONES MÁS GENEROSOS.

AHÍ ENCONTRAREMOS LA PROEZA...

... Y A PARTIR DE AHORA...

... EL VALOR...

... LA RISA.

21

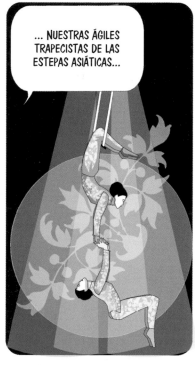

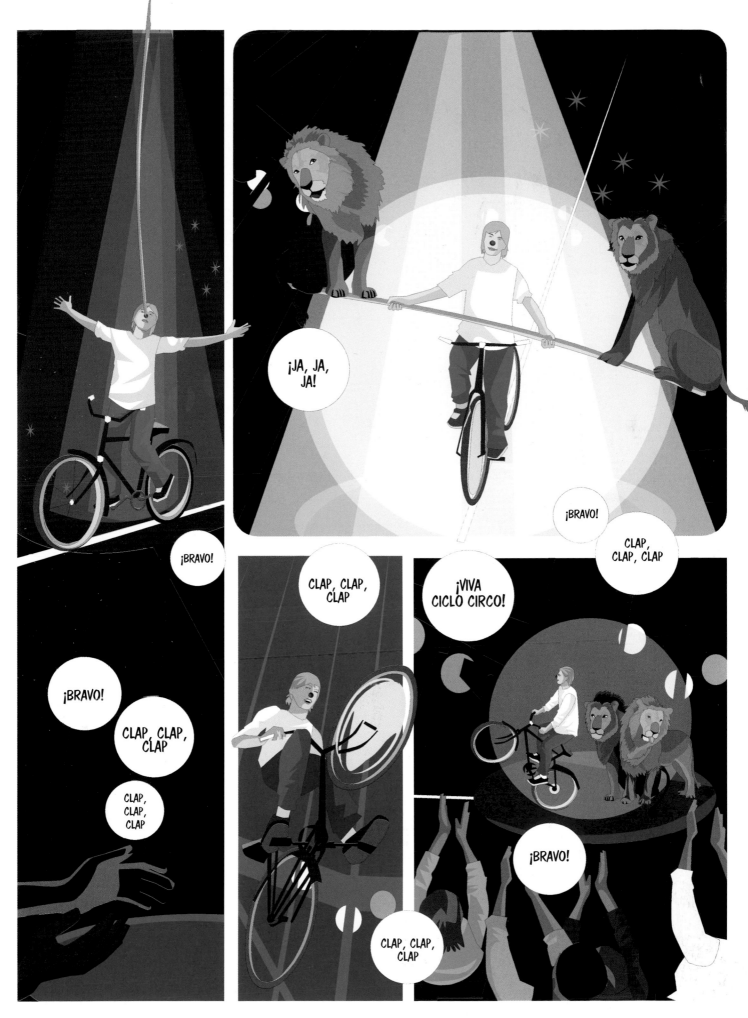

NO LLORARÉ. AL FIN Y AL CABO, ES UN CIRCO ITINERANTE; SOBRE ÁRBOLES DE OTRO PAÍS EXTENDERÁ SU CARPA...

... Y AHÍ ESTARÉ YO PARA VERLO.

FLLLL...

FLLLL...

¡VAYA! ES LA CUARTA VEZ QUE PINCHO DESDE QUE ENTRÉ EN KENIA, Y ME HE DEJADO LA RUEDA DE REPUESTO EN EL CIRCO.

FLLLL...

FLLLL...

¿NECESITAS AYUDA, MZUNGU?

*MADRE DE ÁFRICA, MADRE DE LOS ÁRBOLES.

¡MAS NO DESESPERÉIS!

TENGO EL PLENO CONVENCIMIENTO DE QUE AQUÍ Y AHORA, ENTRE NOSOTROS, HAY SEMILLAS DE ÁRBOLES ESPERANDO A GERMINAR.

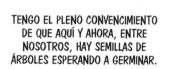

¡ES TIEMPO DE CRECER, SER LOS MÁS ALTOS DEL BOSQUE, Y DEJAR DE ESTAR A LA SOMBRA DE ÁRBOLES PODRIDOS!

ARRANCAR UN SOLO ÁRBOL DE LA TIERRA ES LO MISMO QUE CORTAR DE RAÍZ TODO AQUELLO QUE NOS MANTIENE ATADOS A ELLA.

SI NO RESPETAMOS LA NATURALEZA: ¿POR QUÉ LA CULPAMOS DE NUESTROS MALES? PEDIMOS LLUVIA Y NOSOTROS HEMOS IMPEDIDO QUE LLUEVA, PEDIMOS FRUTOS Y NOSOTROS LOS HEMOS DESTRUIDO.

DAD POR SEGURO QUE LA TALA EQUIVALE A LA MUERTE...

... Y QUE LA PLANTACIÓN EQUIVALE A LA VIDA.

¡ASANTE SANA, MAMA!

¡ASANTE SANA, MAMA!

¡ASANTE SANA, MAMA!

* ¡MAMÁ, TE DAMOS LAS GRACIAS!

34

ERES SORPRENDENTE. LA ALTERNATIVA QUE HAS PLANTEADO HA RESULTADO SER LA MÁS SIMPLE Y EFICAZ.

EN OCASIONES, LA MEJOR SOLUCIÓN RADICA EN LA SIMPLEZA. ESO LO APRENDÍ DESDE PEQUEÑA.

CUÉNTAME ALGO DE TU VIDA, WANGARI.

MI VIDA...

NACÍ EN MIL NOVECIENTOS CUARENTA EN KANUNGU, DENTRO DEL DISTRITO DE NYERI, NO MUY LEJOS DE NAIROBI.

LO QUE MÁS RECUERDO DE MI INFANCIA ES LA NATURALEZA, LOS ARROYOS... HABÍA AGUA POR TODAS PARTES.

SIN EMBARGO, SI SE PREGUNTASE HOY EN DÍA A CIEN CAMPESINOS CUÁNTOS HAN VISTO DESAPARECER UN MANANTIAL O UNA CORRIENTE DE AGUA EN EL TRANSCURSO DE SU VIDA, CASI TREINTA LEVANTARÍAN LA MANO.

CUANDO CRECÍ, MARCHÉ A ESTADOS UNIDOS. ME GRADUÉ EN BIOLOGÍA EN UN INSTITUTO DE MONJAS BENEDICTINAS.

EN MIL NOVECIENTOS SETENTA Y SEIS DECIDÍ FORMAR PARTE DEL CONSEJO NACIONAL DE MUJERES. PROPUSE EL PROYECTO "HARAMBEE* PARA SALVAR LA TIERRA".

CONSEGUÍ EL MÁSTER EN LA UNIVERSIDAD DE PITTSBURGH Y REGRESÉ A KENIA PARA EJERCER LA DOCENCIA EN LA FACULTAD DE NAIROBI. LUEGO ME CASÉ. EN MIL NOVECIENTOS SETENTA NACIÓ MI PRIMER HIJO: WAWERU.

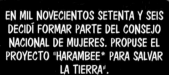

# HARAMBEE

* HARAMBEE: "ACTUAR UNIDOS".

PERO EN AQUELLOS DÍAS REFLEXIONÉ MUCHO. EN EL SIGLO VEINTE HABÍAN SURGIDO ASOCIACIONES DE DISTINTO TIPO PARA DEFENDER LOS DERECHOS DE KENIA, COMO LA "KENYA AFRICAN UNION" DE JOMO KENYATTA. INCLUSO APARECIERON GRUPOS VIOLENTOS, COMO EL MAU-MAU. YO TENÍA QUE CREAR ALGO IMPORTANTE, PERO PACÍFICO.

EL DÍA DE LA TIERRA DE MIL NOVECIENTOS SETENTA Y SIETE, PLANTÉ SIETE ÁRBOLES EN EL PATIO TRASERO DE MI CASA. EL OBJETIVO QUE BUSCABA ERA QUE LOS AGRICULTORES DE LA ZONA SE ANIMASEN A PLANTAR ÁRBOLES...

... ¡ESE DÍA NACIÓ EL "MOVIMIENTO CINTURÓN VERDE"!

LA VIDA HUMANA PRECISA DE LA EXISTENCIA DE ÁRBOLES, PRODUCTORES DE LA FERTILIDAD. EL CLIMA, LAS COSECHAS... TODO DEPENDE DE LOS ÁRBOLES.

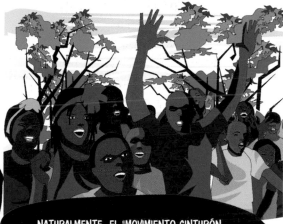

A FINALES DE LOS AÑOS OCHENTA, EL GOBIERNO QUISO CONSTRUIR UN RASCACIELOS EN EL PARQUE UHURU, EN NAIROBI. NOS REFERÍAMOS A ÉL COMO "EL MONSTRUO DEL PARQUE"...

NATURALMENTE, EL "MOVIMIENTO CINTURÓN VERDE" SE OPUSO AL PROYECTO. NAIROBI SE IBA A QUEDAR SIN ZONAS VERDES.

FUIMOS BRUTALMENTE REPRIMIDOS. HUBO DETENCIONES, PALIZAS...

LOS GOBIERNOS PIENSAN QUE AMENAZÁNDOME Y AGREDIÉNDOME VAN A HACERME CALLAR, PERO TENGO PIEL DE ELEFANTE. Y ALGUIEN TIENE QUE HACER OÍR SU VOZ.

MI CABEZONERÍA DIO SU RECOMPENSA. LA CONSTRUCCIÓN SE PARALIZÓ POR COMPLETO. HABÍAMOS GANADO.

ME LLAMABAN "LA MUJER NEGRA Y VERDE". MI MENSAJE TRASCENDIÓ LAS FRONTERAS DE KENIA Y DEL CONTINENTE AFRICANO, PERO ME DI CUENTA DE QUE LAS COSAS NO LAS CAMBIA UNA SOLA PERSONA, SINO MUCHAS.

* PROVERBIO CHINO

44